野狗與青空

楊智傑

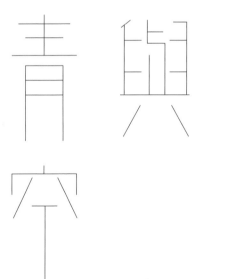

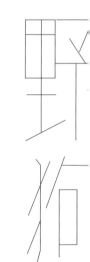

一、螢火

二、旅人

三、野猫

四、蜂鳥

五、金盞花

六、肺魚

七、太空計畫

八、墓草

蜂巢裡的船王

——序楊智傑詩集《野狗與青空》

楊佳嫻

夜晚在陽台上讀《野狗與青空》。街廓閃電歪斜，野狗駐足樹下似有所為，鄰居機車流星逼近然後隨便停。這尋常景象可視為一生中的一天，尤里西斯生命之旅來到盆地邊邊，過一天也像洞視了一生，「我們就香灰一樣漂起／在雙腳／搆不著地的塵世，變輕、變亮／明白一切的悲哀」（〈艋舺〉），曾有過的快樂不會再降臨第二次，焚燒過了，投胎為詩，身上還沾著冥河的油。

楊智傑在這部最新詩集中充分展現想像之為術與力，夭矯騰空，勝過不少前輩與同輩，以文字鑄新感官世界，輕靈而不顯刻意，優美與鮮銳兼具，斷句與意象頗見奇突，卻能一洗俗調。從感覺出發，卻可以不墜泥坑，首先倚賴的是才分高，自信強，大膽使空白現身，再來是不畏懼讓意義靠後，讓說教靠後，讓有所為而為終於流於陳腔的政治正確寫作靠後；前一項使他的詩免於濫情，後一項使他的詩免於躁淺，於是「我們在與人間相仿的時流上空飛」（〈北門〉）。

綜觀全書，並無任何困難詞，普通詞彙放對地方竟然煉石升仙。「電桿下／一塊孩提的金箔」（〈銀河城〉），一點線頭一片餅乾屑都貴重；「雲，在傍晚有更多展覽品堆積——」（〈北門〉），雲原來如此富有；「所有撲向我的床單裡／屬你最輕微」（〈靠近〉），生命中不可承受之輕。

有一些句子看來有理而無聊，簡直廢話，特別被詩摘指出來卻宛如符文，「小蜂巢有較小的陰影／世界面積較大，卻並無澄黃的透明」（〈幸福的年歲〉），蜂巢如果小，陰影當然小，然而小有什麼不好呢，蜂巢之外的世界不過是比較大的隔間，且無能貯藏與分泌；我們都需要最小最小的隔間，縝密地替心事分區，百蜜孔穴，等候凝結滴落。另一首詩〈照相術〉中，詩人指稱「心是剛剛擁有彩色的底片」，「心」和「底片」的連結，在現代詩中並不出奇，可是，「剛剛擁有彩色」使這個普通譬喻透出光輝，底片可以「擁有」彩色嗎？更進一步，「我指著你說：／這是剛剛擁有彩色的時候」，亦即「你」正是色彩的來源，「你」

改變了我看見與記憶的世界，我擁有彩色，其實是我擁有你，表情何等曲折。

而所謂詩作為精緻文類，能抵達什麼程度呢？從以下這句詩來看。「菌類的聽覺：山谷優雅擴張。」（〈紅葉〉）菌類形狀像缽盤，承接雨和光，有類耳朵。因此詩人說菌類有聽覺，它們的聽覺裡山谷是擴張狀態，從方寸菌缽朝外探去，藉著所聽編織山谷形貌，聽得越多，想得越大。這簡單的一句詩中，是從具體的視覺（菌類形狀）到想像的聽覺，再從想像的聽覺到具體與想像兼有的視覺。「死亡即船王／收養了懼溺的小孩」（〈謎〉）也是極佳的證據，「死亡」和「船王」固然讀出聲音來就有簡單複沓之美，也利用了冥河擺渡之類的神話視景，「船王」比起「擺渡人」要宏大得多，不知道詩人是不是傑克船長（Captain

Jack Sparrow）的粉絲；「收養」乃神來之筆，溺水是恐怖的，如何解決這種恐怖呢，一是獲救，一是死去，死亡大船裝滿了懼溺小孩，不受時間表控制的娃娃車，永無止境的現在。

最後我想談一談〈黑暗中的音樂〉。詩名或者來自柏格曼電影Music in Darkness，也可能來自鴻鴻年少時代的詩集。無論如何，無光使空間宛如沉浸於黑牛奶，感官膠著等待刺破的剎那，音樂因此可能使人脆弱，也可能成為懸崖邊的欄索。以此為詩，必須詮釋黑暗與音樂的關係：

一字、一句。希望有蛋殼的金輝
卵黃上
卻密布著黑點

昨日的月暈，十年前的雨水
永不能理解的
離開了
就不能換回更好的

一生一刻，聽不見了。水底暗色的金子
靜靜發怒的閃電
怕黑的盲人
一生揣心中的小手電筒

卵黃上黑點密布，朽敗的種子，視覺效果強烈。黑點是什麼呢？就是那些昨日的、十年前的，永不能理解且無法更換。黑點也是遮蔽嗎？聽不見了可是我曾經聽見，我知道黝暗裡的微芒，以及與它們類似的一切。盲人怕黑，實際上不需要燈，卻關不掉內心的小手電筒，「揣」字用得真確，小心翼翼，深恐金子，閃電，月暈，雨水，也都將消融在黑暗裡，再也打撈不出。最後，詩人寫，跳著走著轉著的瞽者，「他走向自身的小舞池邊邊」，小電筒光追隨著，像錯誤的舞台效果，有誰正看著嗎？嗤笑那謹小慎微——是過去尚未目盲的自己？

忍不住又想起坐擁著小陰影的小蜂巢，小電筒光慢慢舔舐過小舞池，甚至，還有「但她靈魂是窮人小桌／稿紙飛散，徹夜複印一模一樣的大海」（〈地風街〉）。死亡的大船是在打轉還是在航行呢？窮人小桌邊邊，排列著不忍心摘除的蟲殼，那是時間最豐盛的展覽品，風穿過去啞啞乾乾地響著，「其實我感覺這些受苦的人／也受限地愛著」（〈夜行列車〉）。

序詩：希望的本質

睡在閣樓的冬夜
被心底的孩子
看得出神
（就決定了，一起穿上斗篷
推開窗戶）
　　到遠方去
　　　不再回來

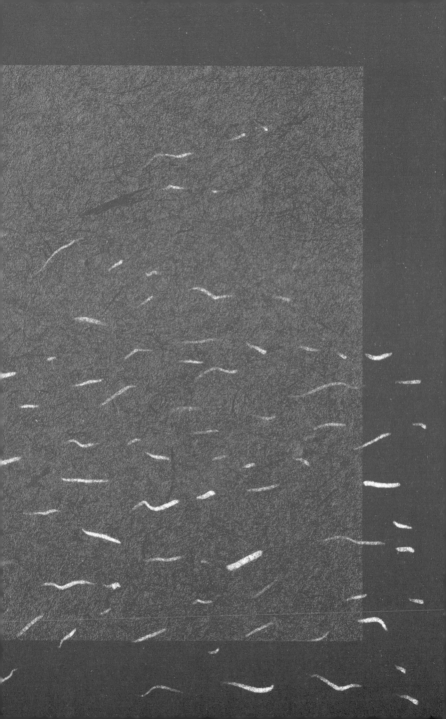

一、—— 螢火◌●

世界寫下來是漆黑一片吧？

擦去後又是什麼？

幸福的年歲

願繁葉在那些日子裡
透過我，由大氣擁抱居所潔淨的鴿子
紗線的黃昏

窗，紀錄靈魂
雨，重讀靈魂

枯草又綻放
一切溫柔、多餘
小蜂巢有較小的陰影
世界面積較大，卻並無澄黃的透明

幸福的日子裡
有時夜因為詩而奢華，有時

關閉海草的笑聲，聽海藍細語
新草又枯萎
一切輝煌、坦白
遠方的提燈，寧靜無光的沙漠
捕鯨船上的金魚
迷惘的愛……

黑夜，紀錄靈魂
黎明，重讀靈魂

／26

總是如此

總是如此。這世界，步兵不斷損失
卻大海一樣揮霍

採棉人夢裡下起黑雪
總是如此
石頭只能信任更輕的石頭

機械蜻蜓環繞日子的光柱
激流上的手錶
不再加速
戰鬥機移動、非洲象抬頭

死亡的日光閃爍，最早變黑的卻是你我

總是如此，貓崽被夜雨淋濕
一萬個紙箱回收
睡意
今晚的夢鄉不再被祝福

如此如此。大師過街殺人
金錢悲哀呼吸
櫻花樹下，佛陀徹夜玩著數獨

請擁抱我。

願我們一生的份量

調暗自己喪禮上燈管的亮度
有可能嗎？

金魚展翅大街，貓兒長滿鱗片
挽回神佛
鑄下的大錯，有可能嗎？

有可能嗎？原諒一枚官僚長相的月球
矯正雨水那渙散的價值觀

夜半失眠的百萬富翁
靜靜環繞
黑暗中一隻蚊子

「有可能嗎？」
「有可能嗎？」
願我們一生的份量像彼此的月光。

靠近

所有撲向我的床單裡
屬你最輕微
雨夜作夢的陽臺
一半軀殼已是珊瑚、星星——

沉沒的潛艇，向深海魚發秘密信號
一秒一光年的點字

時間轉暗
捕蚊燈一樣寂靜

間諜衛星、滂沱大雨
盲眼的月娘
今晚又要照看誰？人世、燈火、星球

殺人機器，它運轉聲音變得更輕
我們卻模糊而透明
忘了一切言語
像兩球，徹夜擁吻的劇毒水母
不再明白相愛的神祕……

沒有

潦倒的拳王，紙箱溼透的小狗
月亮清澈起伏

海浪循環
你又再度成為沒有。

命運帶來一切，離開時卻兩手空空
鳥在溫暖處
下蛋，然後是蛇

已做出了最錯誤的選擇
陽光遍照，不為撫平誰的傷痛

失明的燕子，快樂王子的

披風
逝去的事物一再閃光
擁抱我的你，是天空的近視眼慢慢移近
眼神清澈
看著沒有……

愛

美麗沉靜的牛奶，過期的穀片
知曉一切到
最後

就是暗微的日光

蜜蜂飛出電視。比時流更輕的吊扇
打開海浪
雨水
按編號埋進永恆

你、我，也隱居在死亡的口袋裡
快樂的
像一些名不見經傳的寶石

最後的閃光——
世界的鑄造廠正嘈雜

不——斷——遺失的——失物

暗——光中

不斷重新屬於——迷失自己的人

晚禱

願收集彈珠的人，心明眼亮
喜歡音樂的人，一輩子不必害怕樂器

願住在風裡的人
出租吉屋
清晨相愛的人，滂沱大雨

願水紋、光斑、蝴蝶
在一個
失去母親的人床頭過上一夜，願
沙漠深藏的沙漏、海底
失聯的雨滴

記得一切歡會的絮語……

為了此生抵達不了的幸福
我暫別自己

睡衣和睡帽
安安靜靜

夜行列車

一個人無所事事
在夜行列車明亮的臥鋪裡
丟著小紅球

紅球隨列車變換位置
移動
同時並不移動

其實我感覺這些受苦的人
也受限地愛著
在各種角度下考量事情
如何微妙的發生

冬日的陽光在玻璃窗

擦出舊舊的刮痕
在日光裡
這個人也搖晃著睡了
我將小紅球扔出窗外
反彈到了山壁
又捲進了
明亮的大海浪之中

照相術

心是剛剛擁有彩色的底片
暈暈、暗暗的
像夢中
不小心就變回黑白那種

我們走出暗房
只拍了泥土、蚊子、水花的倒影
經過漂亮的大花和甲殼蟲
就慌忙逃走

只擁有一點色彩時
不知道用它來保護什麼
它們的影子

已經比那些保護者都還強壯

於是我只說一些話
比如
那些雲朵飄散了
夕陽也快速沉了下去

我指著你說：
這是剛剛擁有彩色的時候

一日中的變化

下午
陽光把圖書館的牆
漆成淡金色的

不讀書的人不夠聰明
淡金的
就使他幸福

夜晚
風從海洋吹往內陸
讀不懂自己的書頁
靜靜翻動

巡禮之年

過了今晚
一年更加完美
流浪狗的眼神逐漸溫馴
流浪漢學會了道別

時光有線
草坡上風箏飛不了更遠
孩子遺憾的笑了
任何事物
都有過平凡的一年

一生也是這樣，春天相愛
夏天看海

秋天等待煙火
冬天
穿上長靴
進城，去看燈海
掩過漫漫的人間

三、—— 野猫◌●

虎添了翼，華麗的皮襖——、——夜空中一張一合

北門

晚霞漱洗人世的口腔
趕路的靈魂
一陣清涼

你卻抬頭看：萬家燈火
鑄字行
回收少許星星，降低了成本

誰都習慣了晚歸
除了死

雲，在傍晚有更多展覽品堆積——
我低頭看

一生都是大草原。

當我們被晚風一樣無意義的人間包圍
相愛的日子
是轟炸機駛過：掀開按鈕
（不會發生的事不再發生）
那震動已很遙遠
很遠
現在我們踩著透明的高蹺
我們在與人間相仿的時流上空飛

都蘭

獅子在星星吃剩的人間
尋找
最後一名大膽的人

一群髒海鷗的眼睛
把我擠得渺小

孩子踢遠的夕陽
在我靈魂裡滾來滾去

我想家
也想在遠方睡上一覺

我想和自己共赴生離死別

像
夜浪中的魚卵
被傷心融解的癩蝦蟆

我想一字不識
永保清醒

黃昏昏迷前聽見黑夜念出了最溫柔的你

艋舺

錢莊裡走出一些不怕黑的人
小廟旁
抖了抖靈魂

我們就香灰一樣漂起
在雙腳
搆不著地的塵世，變輕、變亮
明白一切的悲哀

不會再發生。

賣不掉的文鳥，繫上最好的領結
跛腳的野貓
輕舔聽雨的乞丐的夢

多快樂都沒有用。舞女、愛玉、雪花冰
人世的財寶全留不住你
像黑玻璃守著

打烊當鋪
那堅定、美麗的深處

（而無人在乎的
塑膠袋要流過去了）現在，它只要——
唉，它只希望，廢物般快樂地飛翔

紅葉

葉脈——回音的大雪停止
肉體的街上
放棄心的旅者深入秋夜

菌類的聽覺：山谷優雅擴張。

四葉草虛構年輪，黎明是眼睛的早市
手風琴
光芒片片的蝴蝶

風之心，起火的硫磺
溫泉的下午
落在手臂的水滴，一個男孩
在父親死去的黃昏洗頭

明月當空，行走的衣服下是肉身的蟲
戀愛的僧侶
內心的符文靜靜發亮

銀河城

風車星雲持續停電
神情幽暗的手
悄悄浮升，流過她失明披肩

「你愛我，但哪天你也會走。」
一些墓石輕輕移動

月亮高高在上，變成疑問
審判仍在路上的人

而大熊星脂肪，飄出街角麵包坊
雪人與雪的爭辯停止
電桿下
一塊孩提的金箔

「你愛我，不如關心失眠與電車」

今晚，馬鞍宇宙
形狀美麗
她穿玻璃鞋遊晃
忘了銀河是座大城

地風街

唱針停格——曾經的瘋狂來到這一刻
已全然屬於安慰
霓虹鯊魚
吻著它，夏威夷齒痕的浪

水塔沉睡。萬象隨意於天空的屋頂

他窗外靜靜倒車
一夜無語
但她靈魂是窮人小桌
稿紙飛散，徹夜複印一模一樣的大海
「也好，假如這樣……」推開門
讓塵世的五點鐘佔領

心頭的廣場
溫暖的雪花又飄進琴房。白黑，白白黑——
滿鍵盤的水與光明。

她用一生離開這地風街
他用一生追認
生之幽默
風暴前的畫面，終於找到黎明的錄音

星空亭閣

星空、亭閣。雨憂傷的圓柱
水，溫柔的寓所
使花瓣寬闊

今晚獅子
走向無垠的夏日曬衣場
明早的獅子
就是一切不再作夢的獅子的總合

星空、亭閣。閃光的碗盛著甜水
靈魂蹲下
拾取水花。十一月
心是溫暖的洋流學

水漾、透明。詩與物質間明亮的樹
沒有落果
低垂柔弱的熱情
（而是誰將容納微小時刻的河流
收進瓶中）
誰的時間表鼓翼在平原、在大海
星空亭閣
我們在等往無限的列車

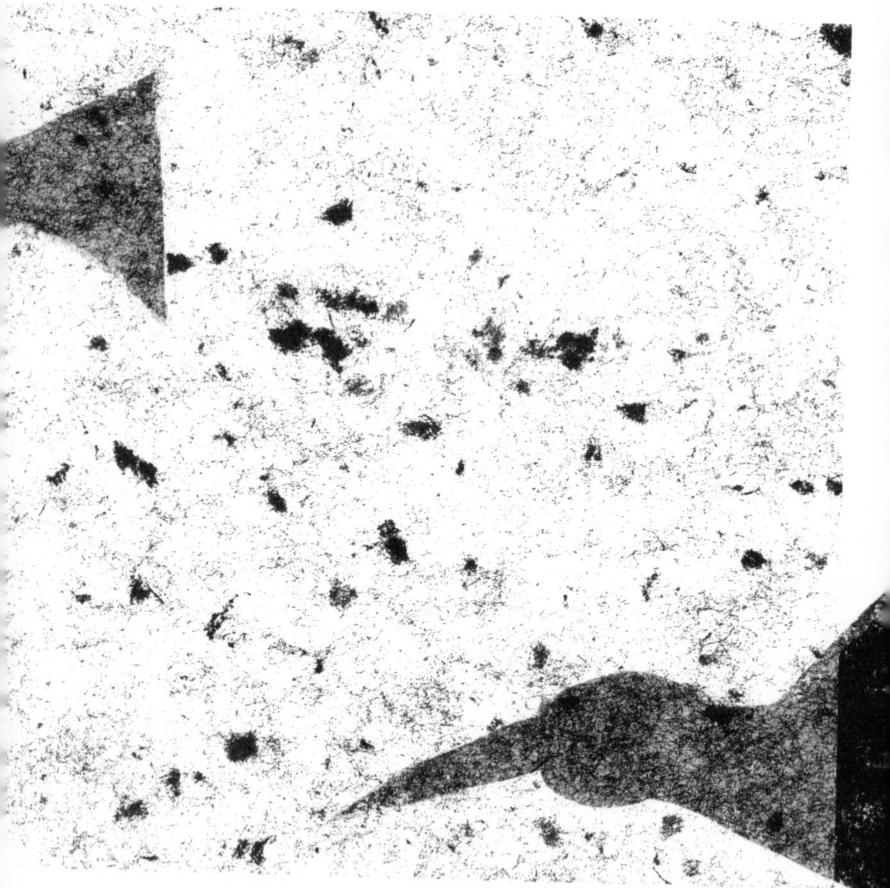

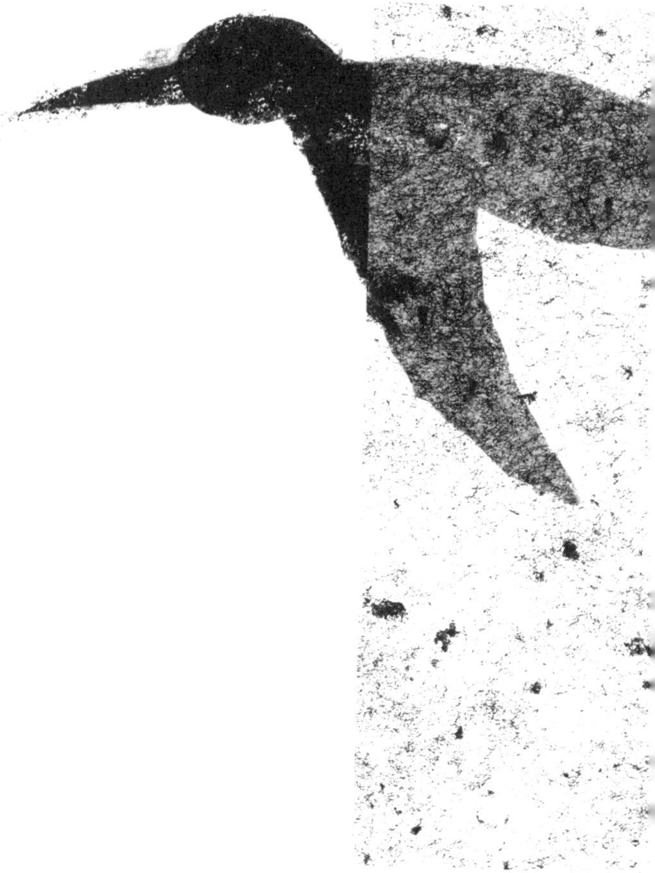

四、—— 蜂鳥◌●

你不在這裡

你不需要

你會在某種美麗中再次飛翔

浴池

蹲下來，探索這一生
光線劃開水氣
葉綠透金
蝨子的名字，帶一些無限穿過肉體

天空的本質輕快流逝
水晶皂靈魂淨白
像蛹
結結實實抗拒世界

卻忘了自由。晚霞無效安慰
微薄遺產
已是夏末藍紅紫灰

排水孔呼吸，深處的閃光
人世的殼與死皮
片片剝落
不再記得為誰所有

站起來，探索這一生
讓發條鯨魚繼續旅行

他要忍住
每一日，內臟隱隱磨損的疼痛

深夏

人世暗寂
傍晚
停筆的窮畫家，不忍更美的光流進來——
最後一枚水菓糖，黏在罐底
雨水
叮叮咚咚

漂浮的洗手台
瓦數不足的夢
窗外
一個靜美的大網頁輕輕懸著

讓平房躺平

從眼底流出繁花、雨傘、電視機
就像當你孤獨
把掛鐘又湊近耳邊
昏暗的人世
小夜燈明明滅滅
一生愛過的人
都在天上飛

眼鏡店

旋轉玻璃門：睡眠的時空
顧著你
澄藍的雲、亮白的雨

吻著你。騎樓午後，小規模的閃電

放下
一枚枚輕巧、劣質的光——

驗光燈穿過蛋殼。視覺
變得更輕
把你哄睡的都睡著了。卻看著你

又聽著小規模的雷雨

穿透眼鏡店
幽藍
螢光的水母，包覆盲眼孩子王
「除了深黑什麼也沒有
除了心……」
照透一切瞇著眼看才會變亮的東西

黃昏與清晨是同一件事了

喝下一壺熱牛奶
雪人感覺
最溫柔的時刻就要到來

草在長
海浪在笑

書本、琴鍵、電話線
推知
時日已經無多

不斷眨眼的飛鳥
不斷
變慢的冰雪

當鬼的人從頭頂抓住妳
舉起手
就結束了一生的遊戲

而海浪在沉默
草在變短
愛與死是同一件事了
黃昏與清晨是同一件事了

哀歌

黃昏安葬了黃昏
雪安葬雪

手錶安葬了海浪
時光安葬身體

生活安葬了死亡
死亡
沒有待在它該在的墓地

而你安葬了我們
鬆暖的土丘
下頭，什麼也沒有

而我安葬了你

一生從此

月明星稀

蟑螂母

不受歡迎的怪物
縮回杯底
黑暗中的水花，一粒發光的繭

什麼宗教正輕輕搖晃著。

抵禦天性。像善良的害蟲渴求輾碎
無愛之人尋找諒解
它趾尖剔亮
但心念平靜如墳

不受歡迎的怪物。睜開眼睛
杯緣的反光
像世界靜靜包容

意識到自己也有世界
熱淚盈眶
讓它走。眼睛裡密布細小的手臂
光滑的翅膀就要散開
無憂慮的一生

願我的死，願
我們的希望
駐留在同一廚房

蝴蝶魚之死

你彈起來——學雨滴表演慢動作
知道更明亮的事
一刻
一刻在發生

我走進水族箱。在停水傍晚
輕輕原諒
比大海更悲哀的輝煌

魚，就此埋在空氣裡
不聽、不看
不改變

只用兩鰓的花瓣揮舞著：再見，再見

你知道更明亮的事
不會再發生
這一刻，學蝴蝶最後一次一起拍動翅膀
下一刻
已在不同的世界搖晃同一個地方

謎

死亡即船王
收養了懼溺的小孩

相愛
即把脫去衣服的人稱為傍晚

記憶：深海裡的雨滴
黑暗中
微弱的通訊

遺忘——以鷹架組裝飛鳥的天文學

而詩歌，這下跳棋時不斷經過我
懸空的

忽明忽暗的金手指……

（這
最後的一步，唯你我不可能一起完成）

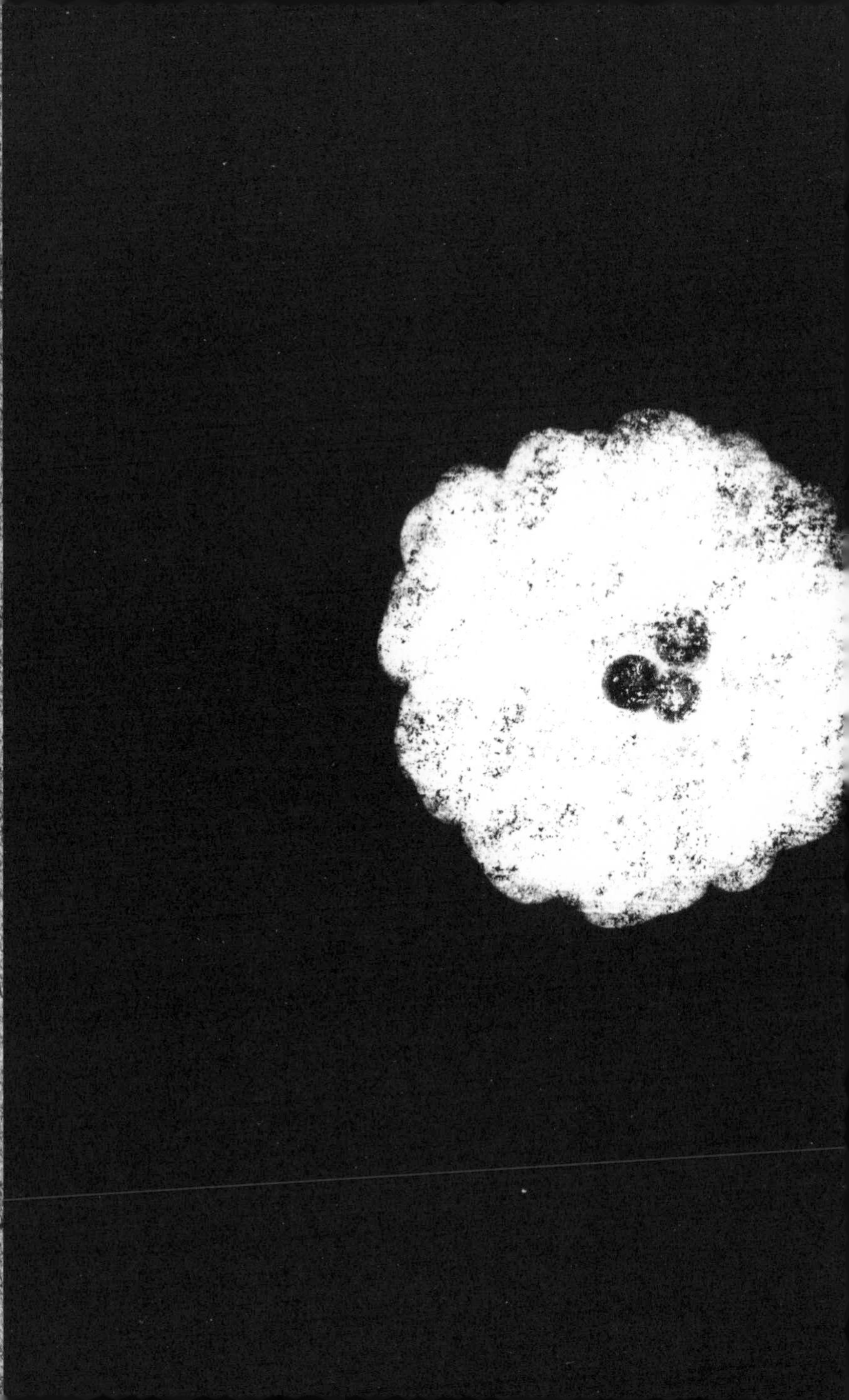

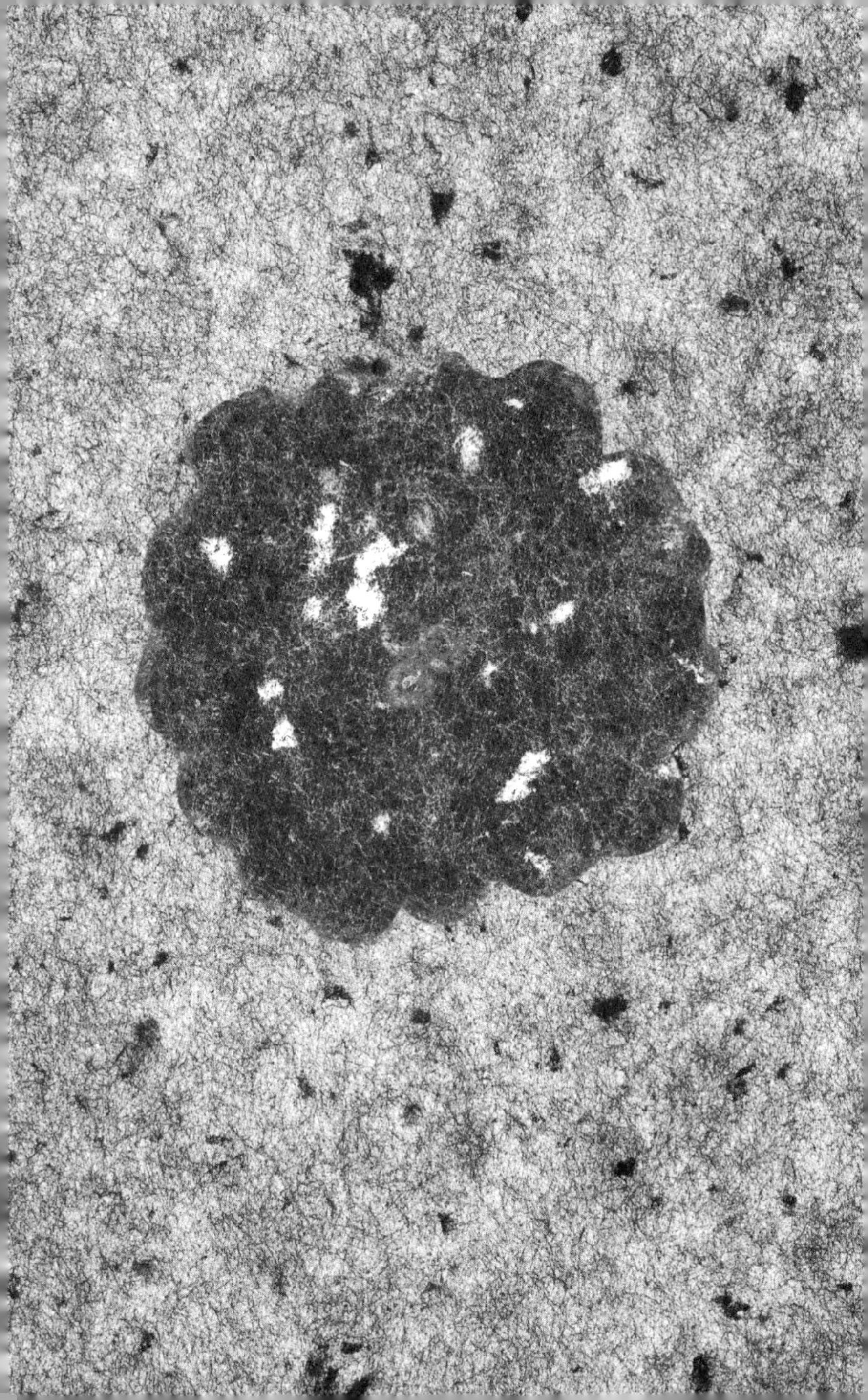

在一片漆黑的淪陷區

五、—— 金盞花◌●

我們所要只有相愛時的視力

去見帕斯捷爾納克

窗外他，漆黑的天空產卵著燈球
一顆顆美麗著
上面站一排剪綵天使

一個瞇著眼髒兮兮的人
正在趕路
「日子那樣冒煙，像一輛老車……」

他脫下禮帽又戴上
今晚將見到誰，穿過水銀的荒蕪田園
空的鏡子
只讓裁縫匠的月光欣賞
已不是第一次來，也不是最後一次

現在，什麼都讓他感覺不滿，像盲人的鐳射舞會
窮光蛋
菸盒上的老婆。六點才過

到了莫斯科天暗下來。雪、雪
帕斯捷爾納克
寫最好的詩
卻錯過一生的紅藍紫灰

廣場拋起鴿群。因為多餘的是飛翔的寂靜

去見布勒東

一日的衣服突然在光中上升
這是：
天堂節目的滾動式效果

理髮院雲上發出暗光
浴缸拋錨在港口
月亮
不能讀取噴泉。語法全然錯誤

「我只是聽見，什麼也不透露」

但超現實：人世最輕的斗篷
正挾持他走向街心

遠處，洗衣服的月亮
被海水輕微抬起
「這些衣服
拍打著，突然在光中奇怪上升的……」
像火鳳凰出現在另一代人指腹
但臥室仍是暗的
一具打字機
發現自己目光渙散的可怕
它竟把明日的世界誤譯為「一個搖滾的房間」

去見特朗斯特羅默

青魚唧著他溜進傍晚
光脫下鞋子
此刻我和影子猜拳，輸的逃出小屋
「非常聰明。牠們腳步如此之輕……。」
閃爍的蜂蜜：指尖上積水的銀樓
微微
損害人間的亮度。午後窗外
電工惱人拇指始終光燦燦的
而特朗斯特羅默
翻找著眼鏡
死水中的雲彩，複眼在不斷變幻

「這是透鏡暗淡之過程
一枚苦惱金色
或心，那片薄銅裝飾物的旋轉——」

笑起來時門牙
一次次
卻記不得老銀幣飛出去的傍晚

特朗斯特羅默。今夜
不要為你眼鏡盒裡的星象發愁。即使銀河仍在
變寬、變寬

去見百合子

盛夏冰菓店：
晴空
卸下光的細肩帶，落到地表已輸光了美
十六歲傍晚。她手臂發光讓蚊子起飛
血漬上水銀展翅
等待月暈
折射第十六次的初吻

夢中美麗別針
別上炸彈客的風衣。不如勇敢說
「在世界面前抱我。」
「今晚，愛你的女孩都還在發育」

被一顆鈍器的星星毆傷
又被
晚風擦去全部血跡。吃掉一天第兩百七十五根冰棒
她打個噴嚏
卻只問自己鼻尖是不是有雪

去見水怪

吃過的孩子全數歸零
一萬頭溫柔疲憊的巨獸。今晚
不再迷惑

虛弱的實體、水溶的皮膚
拖曳著
幽幽的內臟燃亮森林

審判降臨的秋日，變暗，變美，遍地金藍
家家戶戶熄去了燈
懷念水怪——

世界漆黑一片
火鳳凰跳進牙杯，變成鬥魚

不再炫耀閃綠光的心
排列成無限長的隊伍了
沙灘上的獸
在渾身光亮間垂下脖頸。唉，你我今晚
送別了水怪

今晚過了
誰都別再互相傷害……

去見曼德爾斯塔姆

和曼德爾斯塔姆深夜走路
五步，數一次月亮。
下雨。水面的抽屜緩緩
拉動
因為世界被安靜地包括在其中
金薄荷與晚風、安娜的眼淚與
敵岸的燈火
只消以輕微的手勢予以分辨……
「被時間彈奏過，就會了解音樂必須休息。」
黑暗的花序裡，他是

低矮的煤燈
學童們喜愛的小巷子

「稜鏡、旋轉馬、天文學。」

而不在此刻的曼德爾斯塔姆，沒有聲音
沒有其他的形象呈示……

我們深夜走路
三步，就數一次月亮

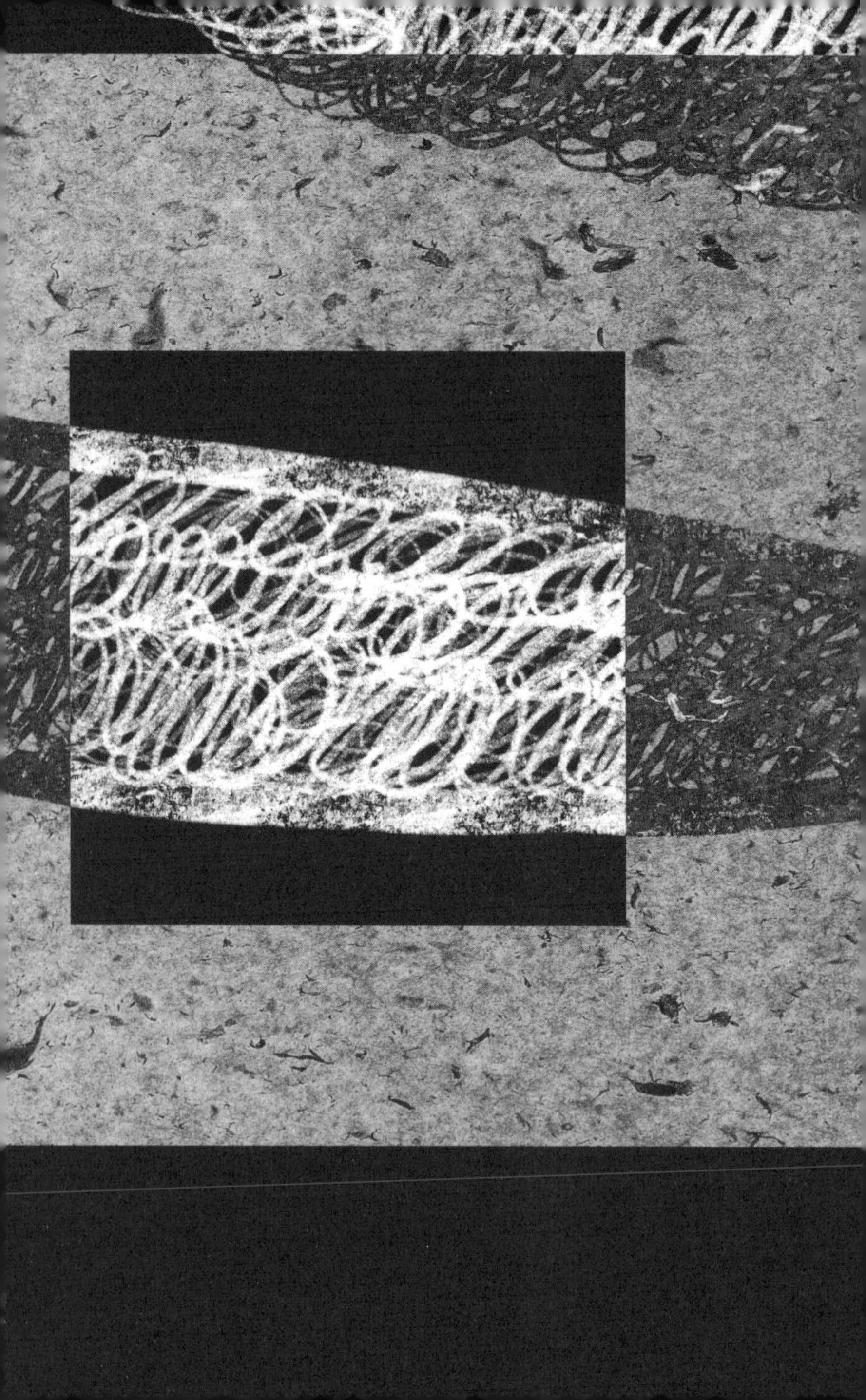

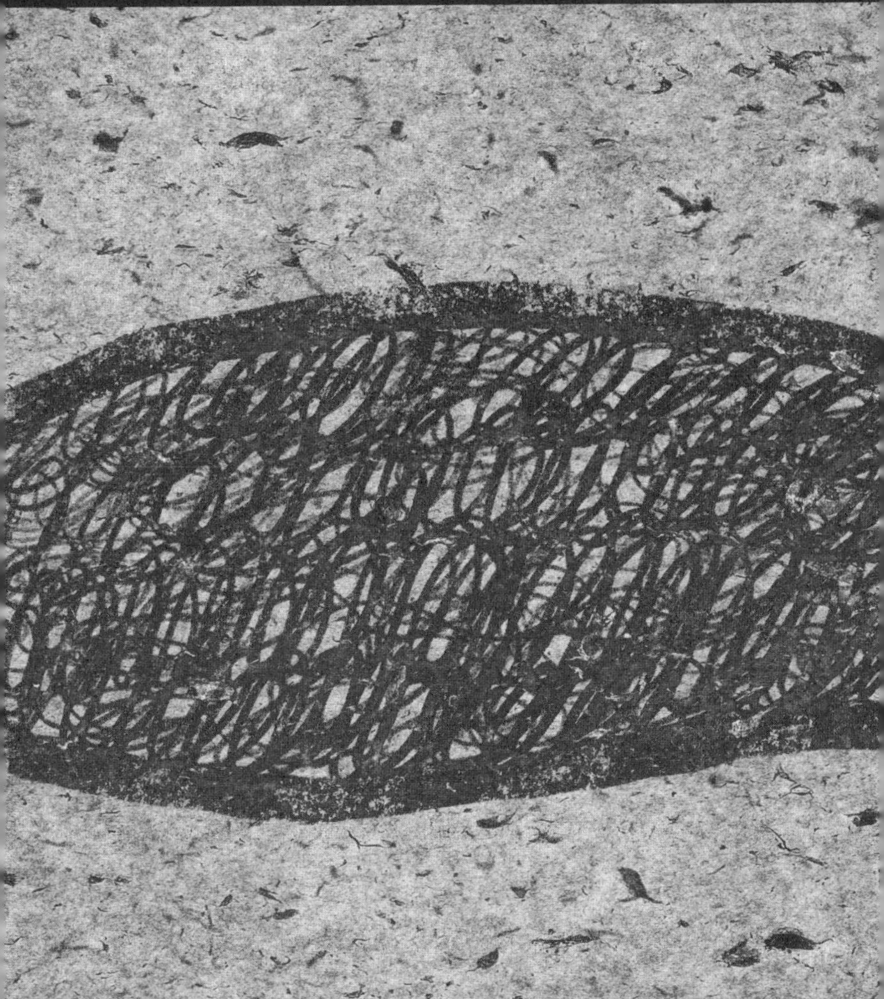

只能一直走。只能

一直聽見

.

,

.
.

.

黑暗中的蟲殼，化作永逝的纖維

漫長的叮嚀

一定要說，就對著海浪說
讓夢中女孩波濤洶湧

一定要看，就看雞蛋麵的光絲流向月球

一定要比喻
就寫，日光在冬日的小袋點亮一隻燈籠魚
寫：
人世是你陌生的摯愛

一定要走，就走向不起風的傍晚
一定要跳舞
就輕擁著

睡一會兒再離開。一刻跟著一刻
一場雨
讓天底下多少皮鞋感到疲憊……
但一定要帶望遠鏡
臨終前
遺忘自己星座的人
一生那麼美，一定要穿金色的雪靴

安魂

我無法睡著。今晚
繁星點點
涼風徐徐

罪犯對坐如孩子
昨日的惡，是明日巨大溫柔的早餐

我無法這麼睡著
屠狗人
陰狠的眼角，也曾閃過慈悲的舍利

沉醉在同一陣晚風中
被同一個世界
捏碎在手裡。今晚我無法睡著

失明小貓、搪瓷大月亮
這些、那些
我不能
不願再說一句狠話
被你祝福過的每把刀子，此刻都搖搖晃晃……

海葬

什麼也看不見時，看一看自己
將沉的郵輪上
溫水泳池靜靜循環

只要你理解真正的浪花
就有心底
幽藍的淙淙小水柱

走向大海的墓園
無數，造船廠機械臂輕輕抬升

腳底旋轉，天空變暗
不能假裝快樂時
讓滿天星斗，與夏威夷豆一起過期

看不見一切時就看看自己吧
雨會下完
但雨是數不完的

溫馴的孩子也會反抗
但哭完後，只會朝大人舉起水槍

黑暗中的音樂

一拍一步，跳著
走著
看心中陽春白雪、夢裡花開富貴
一字、一句。希望有蛋殼的金輝
卵黃上
卻密布著黑點

昨日的月暈、十年前的雨水
永不能理解的
離開了
就不能換回更好的

一生一刻，聽不見了。水底暗色的金子

靜靜發怒的閃電
怕黑的盲人
一生揣心中的小手電筒

轉著跳著
跳著——停了？
他走向自身的小舞池邊邊

審判

日子。浸章魚的寧靜溶液
悄悄伸出了腳

我們睜眼只剩黑暗
鬼出沒
黃銅面具爬滿骯髒的眼睛

剩下的時間，只夠允許一次失誤
一隻蚊子周波
很慢

很——慢，在天空深處微微擾動

一枚炸彈。送達時已經濕透

拆開時已停止倒數
雲層深處微亮微亮
一枚閃電
避開了滿城的避雷針

安寧

雷射光暗——救世主的眼睛
剩下空殼

機械、戰象、疲憊的飛馬
窗外的雨水
凝結
輕晃在大冰箱的暗光中

時間盡頭的大廈
人群忽明
忽滅。今晚
怕冷的白蛇，躲進空牙膏睡一個冬天
有什麼已來到門口

在這生命之初，隱約的可怖下午
（但別害怕
我抱著你）
像佛陀懷裡一隻金狐狸

翻越過最後一座山

讓我沿著什麼一直攀上去
啊，這就對了

發霉的土豆，生出最好看的行星光環。
戀愛的皇帝，抓緊手錶裡發瘋的星星。
痙攣的閃電，微笑在地下深處的鐵床。

這就對了
讓我沿著什麼一直活下去

不曾低頭，
不會悲傷。

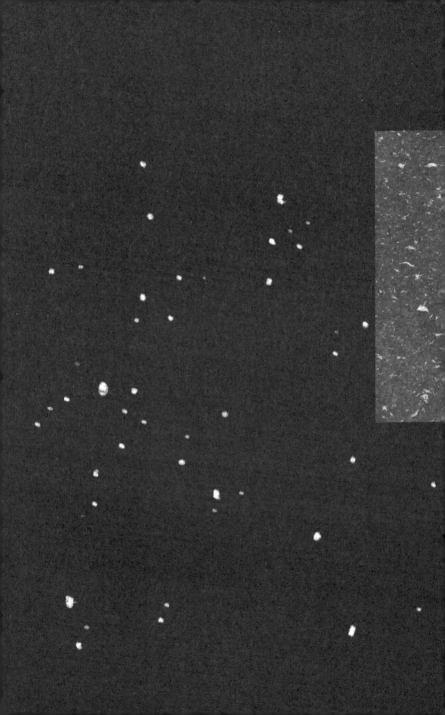

七、—— 太空計畫○●

日光模糊，一切的盡頭將臨——
我在微笑——
我知道仍是為了你——

輕輕地搖一搖

窮人抖一抖錢袋，雨水就變亮
睡著的象
擎起胖鼻子捲雲的天空

鮟鱇魚的小袋裡，月球
多次跳電
又找不到路了嗎
我只有深海的黑人鋼琴師，低頭
彈奏，一只大玻璃蟲

而你只是走上屋頂、吹吹晚風
那也好
擁有不會出聲的秘密

很好，聚光燈壞掉之時
我們會漂浮起來

黑暗中
輕輕地搖一搖

大彌撒

安靜與無限形式的石頭
不介意我曾進入

來生我願化野狗
從垃圾堆叼回敗絮的你

從今你不會再害怕閃電
不再會夢到熊

生命是死亡手裡，忽明忽暗的大樂器

自殺的戰鬥機
衝向舊衣回收桶的星星
如此如此

你要學會漂浮了，從今以後
不再迷惑。月光從跑馬燈學會了大笑
笑了
就始終無處不在

小敏

別擔心，所有的詞都不會
比你更輕
音樂穿上小雨鞋

記憶，把體內的水銀倒光
一艘薄暮的鳳尾船，升空
拉著這繩索

不必害怕。遺忘，正為另一些詞準備暈車藥
時空
和十個空輪胎輪流道別
而最後一列蒙眼搬運工：死亡

拆走燈泡、留下影子
拆開我們
留下我。一如既往而你，一個最安靜的
突然抓起雪、錢、羽絨被
衝出作文教室
在天空失去最後的痕跡……

陽臺上的對話

我祝你幸福。心中毫無破綻的人
忍住生命
那麼久，不讓紅光噴發——

晚霞漫天時
你會知道誰心中沒有了地獄

那些雲朵飄走了，人戰敗了
將軍的首級輕輕搖晃
今後
可以唱兒歌了

你也曾蹲在蒼蠅卵邊，等待天使
也曾看到

陽臺上失憶的祖母
用星星淋浴，月滿全身
某些清晨，世界是最早發黑那枚蠶蛹
內心狂亂
但早已無法動彈
——即使如此。沒有破綻的人
強忍著生命
我仍願意祝你幸福

來吧，手拉手

當你變成泥巴、灰塵或質子時
我擁有過的幸福
告一段落。來，手拉手

現在圍巾、雪、錢、金錶都暫時無限

暗房裡，永動機輕微循環
不再
傷感，無人見證的奇蹟

我好像變回自己的心
目光炯炯，像捕蚊燈閃爍花火
讓黑蒼蠅
成為裡頭最深的光線

來，手拉手。下輩子
不要遵守
萬有引力、血液循環，當雨水
直直落進鞋底

我抬頭
知道一切已同時出發（星星、魚蟲、祖母）
閃光的隊伍
遠遠看，美的像畢業旅行

總有一天你明白自己

當海岸線與琴鍵、風與抽屜
帶著自己的廢墟各自離開
想起了妳
我可以帶著什麼離開呢

衣服濕透的話，雨水應該是
無害的了
在陰暗的溝裡
陽光曬暖大肚魚的背

沒有人的時候
被害怕的一切
都有了安靜溫馴的名字

就在這裡成為樹吧
成為灰燼
或在其他地方
成為風信子或河流——

總有一天你忘了自己
我忘了你
天就要亮了，一億顆星星
無所謂醒不醒來

宇宙，都要安靜地打開

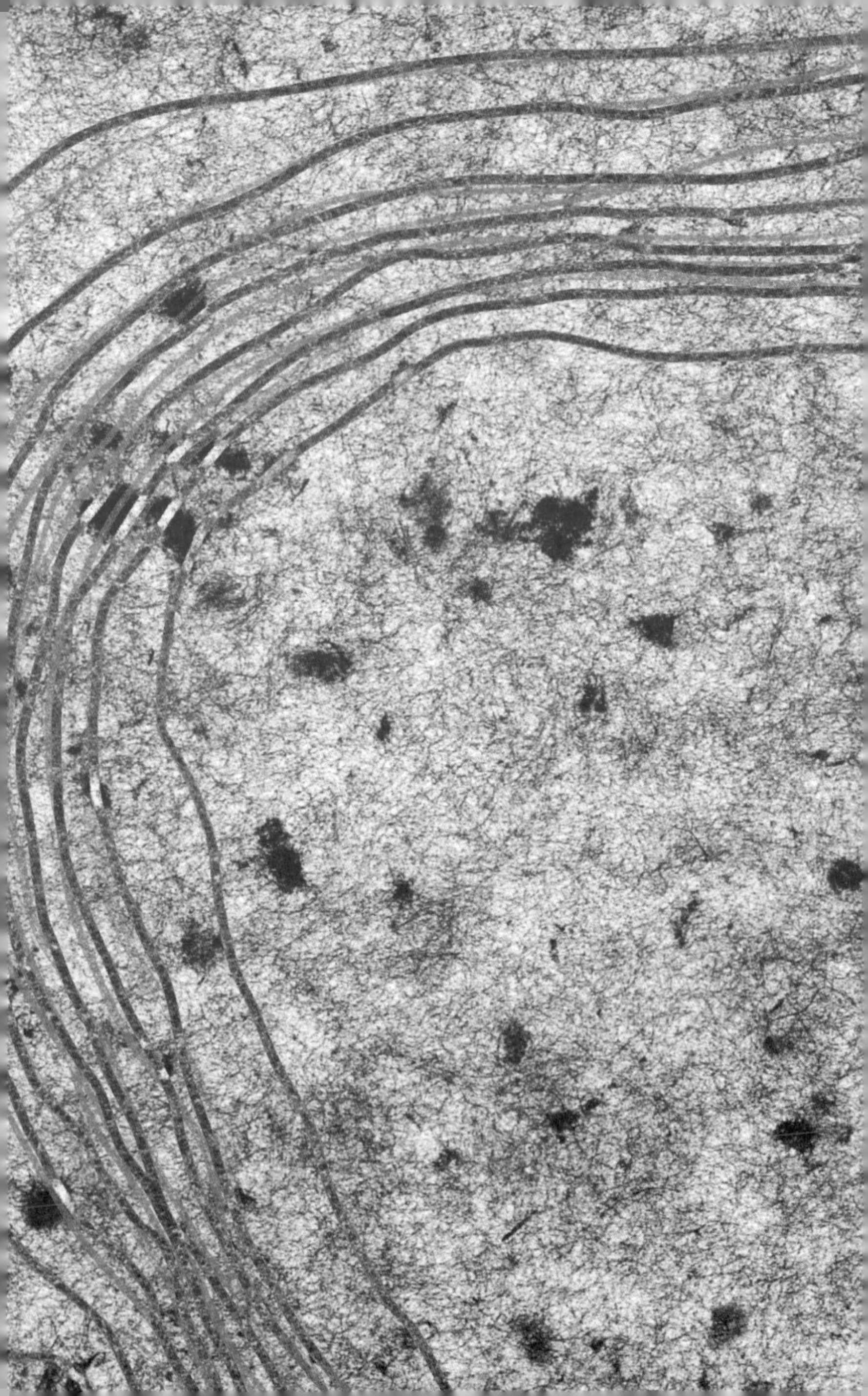

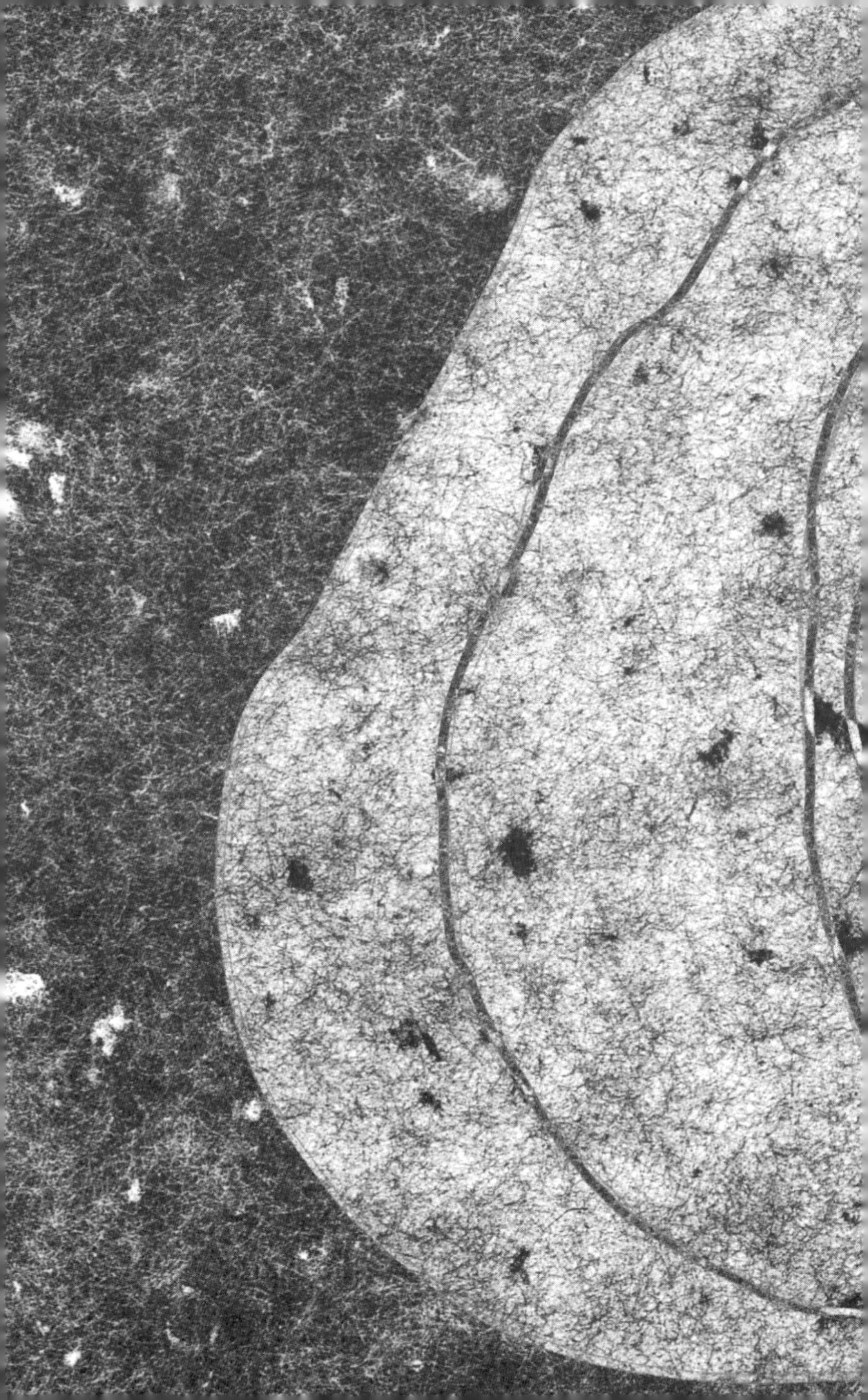

八、—— 墓草○●

墓草合攏前
臨終的小蟲一陣溫暖

一切不在之處

哪怕音樂已成背景——
也請仔細聆聽，顫動的純金
和水銀有些微差異
如節奏、頻率、演奏者心智狀態

或黑暗中流逝的光斑
平原、鐵軌、曬了一日的金黃大地
正朝事件視界隱沒
一片霧藍中
透明的艦隊駛向不存在的港口

但水花是真實的
其真實性，將適時抵達一隻海鳥腳踝
不思議的瞬時世界

是真實的，像螢光小球，輕盈騰跳
沉落在漆黑海溝
請仔細聆聽。顫動的純金

（靜止的水銀）

從樹梢滴落，從昏瞶中伸出一隻手來
不讓任何一刻成為背景

突圍

（一）

是沙塵暴中
一粒沙的失眠

或篩自海面
又落回海面的雨。寂靜
重組
又完成了細節

從虧損到完足，辭海中同字首單詞
衍生著
未定義的事件——

是溫熱的沙，昏沉
的雨
微觀構成的整體亦容許例外
並在足夠遼闊的
可能性中，有限的移動

是沙（或者雨）
其意志皆不可逆。唯一的傾聽者
離去時刻
是太陽
曬暖無處不在的陽臺

是沙或者雨
所有的存在

（二）

水氣瀰漫，心是龐大
冰涼的水體
日光下
水翼船靜靜航行

成為狹縫的
為使更大的事物通過，像漣漪
重覆浮現的圖式
或石塊
內壁，微微暗示的擊破點

你在岸邊看

最亮的仍是黃昏
包裹世界
龐大、冰涼的水體，無聲囤積

事物的時態
對靜靜沉沒的水翼船
一座島
一個港口的方位皆不重要，唯船首雕像
破開的水花

氤氳、瀰漫，且閃著銀光

（三）

萬物都是自己的屋簷
延緩著抵達
本質
黑暗冰涼的心

室內的燭火循環
雨滴表皮輕微
蒸發
破裂。旋即恢復下墜

一切努力，無一不是關於
必然性的推遲

像屋簷的雨
分流、匯聚、迂迴轉進
看雨的孩子
溫柔的眼睛，一切的抵達
與岸邊
銀亮、冰涼的潮汐——並無分別。
萬物仍是彼此的屋簷。

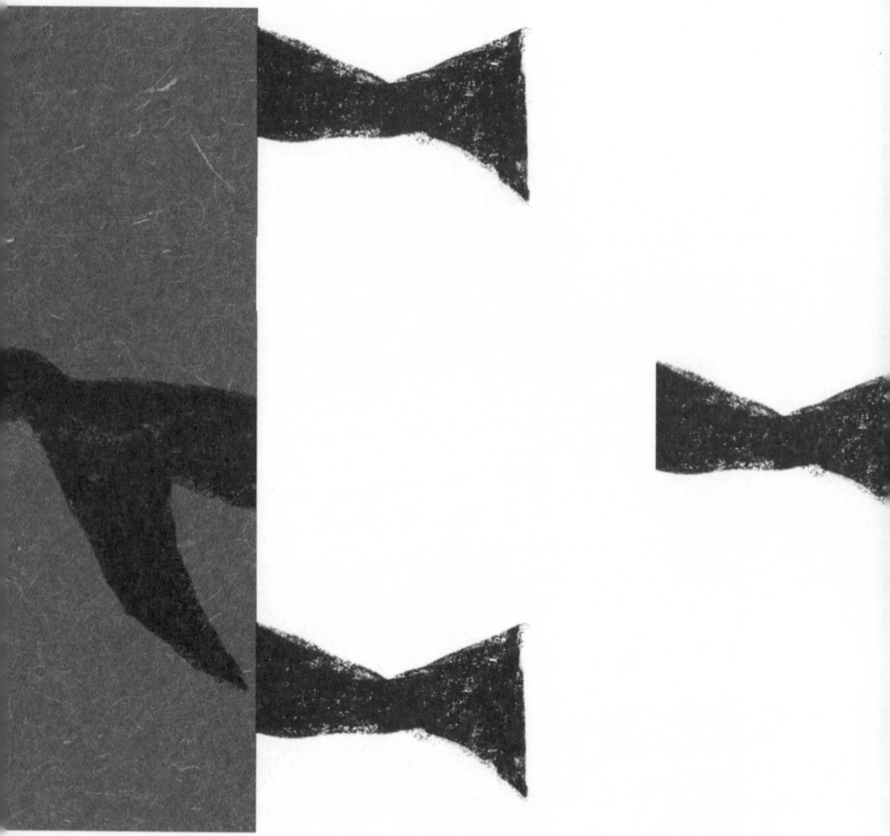

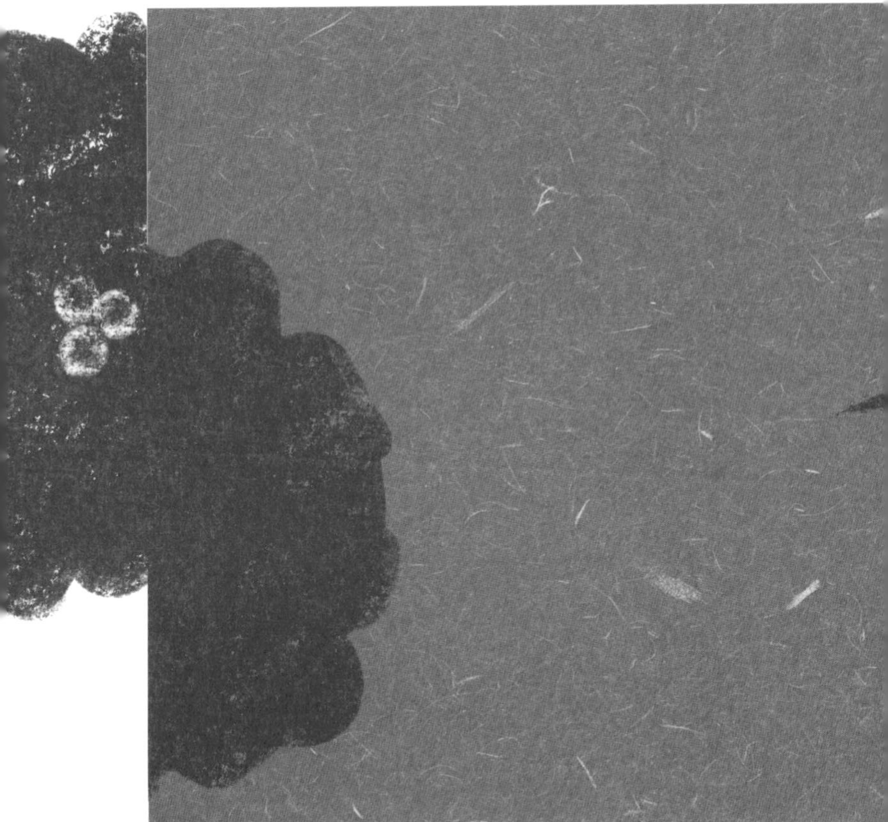

後記：變回狸貓的妻子

詞語是有盡頭的嗎？

詞語的邊界，就是經驗可能性的邊界。就是此時此刻，世界的範圍。

走到詞語的盡頭。那時，「你」已經不在了，被遠遠的擊落，被日月星辰，替代為更輕盈的時間、羽絨、銥鏈。而你更可能活在這一端、在某處，靜看著，好像什麼也未曾發生。

讓《野狗與青空》在這危險的邊線停止吧。再走一步，詞便取消，意義便潰散、魔術失手、妻子變回狸貓。

原諒我必須停下，趁著「謎」還存在這世界的時候。趁著草葉還生長、幼鳥仍鳴叫，趁著詩歌，還未注意到自己並非不朽。

對此，我心懷感激。

○●

而我也曾凝視著，在寫作的黑暗中，一切無可挽回的事物，帶著一種明亮的親暱在後退。

第二本詩集《小寧》完成時，身體內大多數聲音告別了我，像一座乾淨的廢墟。我在小島另一頭，寫海浪、莿桐花、風沙、雨水與鐘錶店，寫生存的渴望、恐懼與它溫柔的謎底。我把他們收進《野狗與青空》。這是本屬於極少數人的詩集。可以說，幾乎是僅屬於你我的一本詩集。

那麼，出版對於讀者又有什麼意義呢？一個月前細心對照排版、尋索錯字，一星期前，感覺那特殊日子的腳步臨近，出版那一刻，便什麼也不再能做……像盲眼的天文學家，在屋頂佇立，被巨大的星系包圍，通體透明。

而其中最微弱的一顆，是寫下《野狗與青空》第一個字的自己，光年之外，不復存在。

作者的不存在，對於讀者又是什麼意義呢？

○●

「野狗」寫作期間，我曾有一次與真正意義的「世界經驗」擦身。

那是在夏末太平洋，天黑前的都歷浪點。應該上岸的時間，我卻調轉衝浪板頭，執意抓住最後一道關燈浪。沒有注意一道離岸流已沿著右側突堤形成。這條詭異、不祥的黑色水蛇，在無形間將我拖至離岸約兩百米處。

實在太大意了！不管怎麼划水也沒有用。最後一點夕光在雲間消逝，我想起在地浪人告誡，試著平靜下來，跨坐在浪板中央保持平衡，卻湧上一股來自生存深處的嘔吐感，這迫使我更加下意識地朝岸邊拚命划水（這麼做其實相當危險，無謂耗費體力是溺水的主因）。

沒有用。離岸越來越遠，我放棄掙扎。

但逐漸地，在這本能的恐懼中，卻生出一種模糊的安慰——那是，一種直接來自世界本體的巨大安慰。天際呈鳥蛋般的粉紅、粉藍，海水搖晃，像一隻白狗起伏的呼吸，而我的浪板是舒適的狗鞍⋯⋯

那一刻，我有了一種想哭的感覺，以及，一種將「野狗」的一切告訴你的強烈渴望。

這篇後記完成的當下，我正準備離開這座濱海小鎮。天晴了，各色野狗回到街上，重新作回被雨水洗去的氣味。尿尿、伸腿抓癢、彼此聞嗅。人，能夠繼續活著，繼續前進，也就是深信某個地方、某種時空，會為你保留所有的希望、記憶、安慰、失落、乃至困惑吧。

將這本書特別獻給楊張癸水、何黃玉竹、特朗斯特羅默、帕斯捷爾納克、曼德爾斯塔姆、布勒東、水怪先生、及百合子小姐。再寫下去是可能的嗎？或者，再見是有可能的嗎？

「有可能嗎？」

願我們一生的份量像彼此的月光。

國家圖書館出版品預行編目（CIP）資料

野狗與青空 / 楊智傑作 . -- 初版 . -- 新北市：雙囍出版：遠足文化發行，2019.11
面；13×19 公分
ISBN 978-986-98388-0-1(平裝)
863.51　　108017406

雙囍文學 01

作者　楊智傑
主編　廖祿存
封面、內頁美術設計　朱疋

社長　郭重興
發行人兼出版總監　曾大福
出版　雙囍出版／遠足文化事業股份有限公司
地址　231 新北市新店區民權路 108-2 號 9 樓
電話　02-22181417
傳真　02-22188057
Email　service@bookrep.com.tw
郵撥帳號　19504465
客服專線　0800-221-029
網址　http://www.bookrep.com.tw
法律顧問　華洋法律事務所　蘇文生律師
印製　成陽印刷股份有限公司
初版 2 刷　2022 年 6 月
定價　新臺幣 280 元

紅樓詩社
Crimson Hall Poetry Society

本詩集獲社團法人臺北市紅樓詩社補助